LE
BOIS DE BOULOGNE

De toutes les promenades à la proximité de Paris, le bois de Boulogne est, sans contredit, la plus charmante et la plus fréquentée. D'autres l'ont pensé comme nous, et les générations qui nous ont précédés ont laissé des traces de leur passage dans ce lieu de délices.

La forêt immense, dont il est un des débris, a été morcelée; chacun en a pris une petite part. Les plaisirs de la chasse y ont amené la cour, et des résidences royales se sont élevées à l'ombre séculaire des arbres de la forêt de Rouvrai. Peu à peu des villages se formèrent au sein même de cette forêt, et la hache commença à y faire des éclaircies, qui allèrent s'étendant toujours, jusqu'à ce qu'elles devinssent assez vastes pour séparer entièrement les membres de ce grand corps, qui reçut alors plusieurs noms. Notre bois si mondain, si frivole, doit à la dévotion celui qu'il porte encore aujourd'hui : quelques bourgeois de Paris résolurent, au retour d'un pèlerinage entrepris en 1319, pour la rémission de leurs péchés, de construire, au village de Menus-lès-Saint-Cloud, une église semblable à celle de Boulogne-sur-Mer, où ils venaient de se rendre. Ils obtinrent de Philippe le Long l'autorisation de réaliser ce projet, et le nom de Boulogne, qu'ils donnèrent à leur église, remplaça bientôt celui de Menus-lès-Saint-Cloud. Le bois ne tarda pas à imiter l'inconstance de son voisin et porta le nom que celui-ci venait d'adopter.

D'autres institutions religieuses, établies vers le même point, ont acquis une assez grande célébrité : le monastère de Longchamp, fondé en 1260, par Isabelle, fille de Louis VIII, dit Cœur de Lion, sur un terrain que lui avait donné saint Louis, et les deux communautés de prêtres et d'ermites, autorisées en 1640 à s'établir sur le mont Valérien, par lettres patentes de Louis XIII.

Les heureux résultats qu'Hubert Charpentier, grand vicaire de l'archevêché d'Auch, avait obtenus de l'établissement d'un calvaire à Bétharan, firent concevoir à cet homme vénérable l'espoir de ramener au bien par le culte de la croix les impies et vaniteux habitants de la capitale. Surmontant toutes les difficultés, il devint propriétaire du mont Valérien, que sa position et d'anciennes légendes, désignant cette colline sous le nom de montagne des

Trois-Croix, lui avaient fait regarder comme le lieu le plus propice à l'exécution de son plan.

On y avait trouvé, du temps de François Ier, dit M. de Pontbriant, une grande pierre sur laquelle étaient représentées les circonstances de la passion de Jésus-Christ, et l'on y avait élevé trois croix, ce qui lui avait fait donner le nom de montagne des Trois-Croix.

Le couvent avait par sa situation même un aspect imposant. Aussi, en atteignant ce lieu consacré au recueillement et à la prière, en promenant ses regards sur ces villages semés çà et là, sur ce Paris si bruyant, sur cette nature si riche et si prodigue, la pensée s'élevait : on se sentait plus près de Dieu.

Bernardin de Saint-Pierre, dans ses *Études de la Nature*, raconte ainsi une promenade qu'il fit au Calvaire avec J.-J. Rousseau :

« Quand nous fûmes parvenus au sommet de la montagne, nous formâmes le projet de demander à dîner aux ermites pour notre argent. Nous arrivâmes chez eux un peu avant qu'ils se missent à table, et pendant qu'ils étaient à l'église, Jean-Jacques me proposa d'y entrer et d'y faire une prière. Les ermites récitaient alors les litanies de la Providence, qui sont très-belles. Après que nous eûmes prié Dieu dans une petite chapelle, et que les ermites se furent acheminés à leur réfectoire, Jean-Jacques Rousseau me dit avec attendrissement : « Maintenant j'éprouve ce qui est dit dans l'Evangile : Quand plusieurs d'entre vous seront rassemblés en mon nom, je me trouverai au milieu d'eux. »

Deux grands bâtiments, de trois étages chacun, composaient la demeure des ermites ; un vaste verger, situé dans la partie occidentale, était entretenu par leurs soins. L'église, entourée d'un cloître circulaire soutenu par douze colonnes, s'élevait au centre de la plate-forme ; de petites chapelles, lieux de station des religieux, à demi cachées par les arbres, se voyaient de distance en distance ; deux autres chapelles, où les fidèles déposaient leurs offrandes, étaient fermées par des grilles ; elles occupaient, dans la partie méridionale, les deux extrémités d'une magnifique terrasse plantée de tilleuls. Du côté de Suresnes, trois escaliers superposés conduisaient à une chapelle plus petite dédiée à la Vierge. Ces escaliers divisaient le cimetière de la communauté en deux parties ; le respect le défendait seul des profanations, car il n'était fermé que par une porte à claire-voie.

Pourquoi l'histoire inexorable nous force-t-elle à rappeler ici ce que fut Longchamp? Il y a tant de bonheur à louer ce qui est bien, ce qui est noble, que ce n'est pas sans tristesse que l'on se résout à faire le tableau de débauches scandaleuses. Comment parler de Longchamp après avoir parlé du Calvaire? Comment placer à côté du nom de la sœur de saint Louis, cette pieuse fondatrice de l'abbaye de l'Humilité de Notre-Dame, déclarée béate par une bulle du pape Léon X en date du 3 janvier 1521, celui de Catherine de Verdun, la religieuse parjure, qui obtint, pour avoir été la maîtresse de Henri IV, l'abbaye de Saint-Louis de Vernon? Comment expliquer la transformation de cette sainte demeure en un lieu de désordre? Quel lien établir entre les pieux pèlerinages, faits à la châsse de sainte Isabelle, par de nombreux fidèles et des rois de France même, et les processions mondaines et fastueuses qui les remplacèrent, lorsque l'abbesse, afin de ramener dans le temple la foule que le spectacle des profanations inouïes en avait éloignée, entreprit de faire chanter les Ténèbres en musique, le mercredi, le jeudi et le vendredi de la semaine Sainte? La foule revint, en effet, mais non la même. L'archevêque de Paris dut intervenir ; et pour mettre un frein à la licence qui pénétrait jusque dans le saint lieu, il fit cesser la musique et les chants. L'église fut abandonnée de nouveau ; néanmoins les promenades à Longchamp se continuèrent, et ce fut à qui étalerait le plus de luxe et de richesse. Bien que la révolution n'ait pas laissé une seule pierre du monastère, ce pèlerinage, que le quinzième siècle a vu commencer, se fait encore de nos jours ; mais plus forts que nos pères, nous n'avons recours à aucun prétexte spécieux pour voiler notre vanité, dissimuler notre indifférence : ce sont les jours que l'Église consacre au deuil et à la prière que nous avons choisis pour fêter la Mode, cette déesse capricieuse et exigeante à laquelle toute femme jeune et jolie ne peut éviter de sacrifier : aussi n'en est-il pas une qui n'abandonne l'église pour se faire admirer, dans toutes les splendeurs de la toilette et de la beauté, par la foule qui se presse sur cette même route qui conduisait naguère à l'abbaye de Longchamp, et dont l'aspect animé et brillant rappelle le faste et l'élégance d'une autre époque.

Quant au Calvaire, il resta ce qu'il devait être, et lorsque la révolution, frappant du même arrêt l'asile du scandale et des plaisirs et celui de l'abnégation et du dévouement, dispersa les prêtres et les religieuses, dont elle renversait les demeures, elle trouva les représentants du grand vicaire d'Auch dignes de la haute pensée qui avait guidé le fondateur du Calvaire. Après la restauration, l'église fut relevée et les pères de la Foi vinrent s'y établir. Le Calvaire subsista cependant jusqu'à l'époque où l'on posa les fondations du fort qui surmonte aujourd'hui le mont Valérien ; mais les pèlerinages cessèrent en 1830.

Les châteaux n'ont pas été plus respectés que les monuments religieux, et il ne reste que des souvenirs et des débris de ceux que l'amour et le plaisir ont élevés. Le plus ancien fut celui de Madrid. François Ier le fit construire à son retour d'Espagne, et lui donna ce nom en souvenir de la captivité qu'il venait de subir ; on l'appela aussi le château de Faïence, par allusion aux émaux dont Bernard de Palissy avait décoré trois de ses façades. Ce château appartint toujours au domaine royal ; mais tous les successeurs du roi chevalier n'eurent pas pour cette demeure la même prédilection que lui, et ce ne fut que quand Marguerite de Valois, première femme de Henri IV, en devint propriétaire, que

Madrid retrouva son ancienne splendeur. Pendant les années qui s'écoulèrent entre la mort de François Ier et l'entrée en jouissance de la reine répudiée, le château subit des fortunes bien diverses : Henri II en fit une retraite mystérieuse : il y abrita ses amours avec la belle Diane de Poitiers ; pour Charles IX, ce ne fut qu'un rendez-vous de chasse ; Henri III donna l'ordre d'y enfermer les bêtes féroces, qu'il s'amusait à faire combattre contre des taureaux ; puis, effrayé par un rêve, il les fit tuer et les remplaça par des meutes de petits chiens. Henri IV le rendit, en partie, à sa destination primitive : il l'adopta, à cause de sa situation sans doute, pour le lieu de ses rendez-vous avec Catherine de Verdun, religieuse de Longchamp. Louis XIII y séjourna plusieurs fois ; Louis XIV ne semble pas l'avoir honoré de sa présence. Louis XV y fonda une chapelle sous l'invocation de saint Louis, en 1724, et Louis XVI signa, en 1784, l'ordonnance qui en autorisait la démolition. Cette œuvre de destruction ne fut consommée qu'en 1793 ; elle ruina les démolisseurs. Les brillants émaux, vendus à un maître paveur, furent convertis en ciment ; quelques fragments, recueillis par le propriétaire d'une partie des anciens communs du château, ont servi de modèle à la décoration de la grande porte d'entrée de l'établissement qui porte aujourd'hui le nom de Madrid. Quant au véritable Madrid, il n'en reste aucun vestige.

La Muette, située sur la lisière du bois, près de Passy, n'était dans l'origine qu'une fauconnerie et un chenil ; on y éleva, sous Charles IX, un pavillon de chasse. Marguerite de Valois offrit, en 1616, le château de la Muette au dauphin, qui fut Louis XIII. De quelque façon qu'il en ait disposé, cette propriété ne revint à la couronne qu'un siècle plus tard, pendant la minorité de Louis XV ; la duchesse de Berri, fille du régent, en fit alors son séjour favori ; les fêtes s'y succédèrent sans interruption : elle mourut à peine âgée de vingt-quatre ans, au milieu des plaisirs. Après la mort de cette princesse, Louis XV fit réparer le château, donna

l'ordre d'y ajouter un étage et d'étendre les jardins, aux dépens
du bois : la Muette ne dut pas s'apercevoir qu'elle venait de passer en d'autres mains, car les orgies et les fêtes y continuèrent
comme par le passé. Le dauphin accompagnait quelquefois son
aïeul dans ses visites à la Muette. Ce château fut le lieu de sa ré-
sidence pendant les premiers temps de son mariage. Lorsque la
cour se fixa à Versailles, Louis XVI et Marie-Antoinette ne vinrent plus à la Muette qu'à de longs intervalles. La ville de Paris
y donna, en 1790, le fameux banquet qui réunit plus de vingt
mille fédérés. C'est aussi près de la Muette qu'eut lieu, en 1783,
la première ascension aérostatique tentée en France par Pilastre
des Rosiers. Ce château a eu le sort de toutes les demeures sei-
gneuriales : presque entièrement détruit à la révolution, on y a
vu pendant plusieurs années un établissement orthopédique ; plus
tard les bâtiments modernes et le parc ont été achetés par
M. Erard, qui en a fait une demeure délicieuse.

C'est dans un parc qui avait appartenu à mademoiselle de Cha-
rolais, dont le nom réveille encore des souvenirs d'amour et de
galanterie, et sur l'emplacement du pavillon qu'elle avait habité,
que s'est élevé, comme par enchantement, le château qui a porté
le nom de Bagatelle, après avoir été désigné sous celui de Folie-
d'Artois. Le comte d'Artois, qui régna sous le nom de Charles X,
paria cent mille livres, avec Marie-Antoinette, que ce château
serait construit en un mois ; il le fut très-rapidement en effet (en
soixante-quatre jours), mais il coûta six cent mille livres. Il ap-
partient aujourd'hui au marquis d'Hertfordt, qui y a réuni tout ce
qui peut rendre la vie douce et facile.

Oserai-je placer le nom du Ranelagh à côté de ceux de ces
châteaux qui ont eu de si illustres fondateurs? Pourquoi non? il
fait comme eux partie du bois, et ne leur cède pas plus en folie
qu'en amour. Puis il a eu aussi ses jours de gaieté et d'épreu-
ves, et son nom est celui d'un lord irlandais, grand amateur de

musique et de danse. Ouvert en 1774 par un des gardes du bois, qui obtint du maréchal de Soubise, gouverneur du château de la Muette, la permission de construire, sur le lieu dit la Pelouse, un café, un restaurant et une salle de spectacle, il se vit menacé d'être fermé peu d'années après sa fondation. Ce ne fut qu'un nuage ; le séjour de Marie-Antoinette à la Muette, en 1780, y

amena une société plus brillante et plus nombreuse que jamais. Le vent de la révolution souffla sur toutes ces joies et les fit disparaître ; ce ne fut que sous le Directoire que le Ranelagh osa rouvrir ses portes ; sa témérité fut cruellement punie, car il sortit mutilé de la lutte et resta fermé jusqu'en 1799. Il revit encore quelques beaux jours sous l'empire ; les soldats alliés les lui firent oublier.

On doit la conservation du Ranelagh au directeur actuel de cet établissement, et voici comment :

En 1814, il sut, à lui tout seul, par son sang-froid et sa présence d'esprit, le défendre contre une armée de Cosaques, campée dans le bois de Boulogne, où elle a laissé des traces de dévas-

tation à peine effacées aujourd'hui. Ces enfants du Nord , dont l'intention était évidemment de se chauffer avec l'édifice, planche par planche, avaient déjà commencé à faire irruption dans le magasin de décors du théâtre, et s'apprêtaient à faire bouillir leur marmite avec des coulisses et une toile de fond représentant des arbres.

— Comment! leur dit le brave directeur, avec autant de justesse que d'indignation, comment! vous avez là un bois sous la main et vous voulez brûler ma forêt?... — A ces paroles fermes et inattendues, la forêt tomba des mains des Cosaques, et le Ranelagh fut sauvé.

Toute plaisanterie à part, si chaque Français d'alors en avait fait autant, la France serait demeurée saine et sauve.

Le Ranelagh tenta de nouveau la fortune sous le règne de Louis XVIII; mais il eut alors à résister aux attaques du domaine de la couronne, et n'obtint qu'en 1826 la confirmation des priviléges en vertu desquels il existait. Ses bals ont obtenu une nouvelle vogue; sa salle de théâtre s'est de nouveau remplie.... mais notre Ranelagh n'est, après tout, que le petit-fils de celui qui a dû son existence au garde Morisan.

C'est là aussi qu'Audinot, expulsé de la salle de l'Ambigu, obtint la permission d'établir, en 85, ses petits comédiens *du* bois et non *de* bois de Boulogne, avec droit et privilége d'exploiter le répertoire de la Comédie-Française et de l'Opéra-Comique.

Le bois renferme encore un monument historique : c'est la croix de Catelan, élevée par l'ordre de Philippe le Bel, à la mémoire d'Arnaud Catelan.

Arnaud Catelan, troubadour célèbre du treizième siècle, s'était fixé à la cour de Béatrice de Savoie. Sur l'invitation de Philippe le Bel, il quitta cette princesse et se rendit à la cour de France. Le roi, qui se trouvait à son manoir de Passy lorsque le poëte arriva à Paris, lui fit dire de venir le rejoindre et envoya une escorte pour le protéger contre les malfaiteurs dont la forêt de Rouvrai était infestée. Le commandant de l'escorte assassina l'homme qu'il s'était chargé de défendre et s'empara des présents destinés au roi; il revint ensuite à Passy, et dit n'avoir point trouvé le sire de Catelan au lieu du rendez-vous. Une battue de la forêt amena la découverte du corps de Catelan; les honneurs funèbres lui furent rendus, et une croix, dont il ne reste plus qu'une colonne mutilée, perpétua le souvenir du crime commis en cet endroit. L'imprudence des coupables, qui s'enhardirent au point d'employer des parfums qu'on ne fabriquait alors qu'en Provence, les fit découvrir. Ils furent condamnés à être brûlés vifs et à petit feu.

Grâce aux châteaux dont nous avons dit quelques mots, les villages voisins s'enrichirent de délicieuses maisons de plaisance et d'élégants hôtels. La demeure des châtelains de Passy, que la révolution avait épargnée, fut détruite par des spéculateurs en 1826. Sans entrer dans l'énumération complète des personnages remarquables qui ont habité ce village, nous ne pouvons nous empêcher de citer le château de la princesse de Lamballe, l'hôtel Valentinois, que Franklin, alors ministre de la fédération américaine, a illustré par le séjour qu'il y fit en 1777; la maison de la Folie, donnée par Louis XV à mademoiselle de Romans. Boileau et Molière ont passé à Auteuil les plus heureux moments de leur vie. Un petit temple, sur lequel on a gravé cette inscription : *Ici fut la maison de Molière*, indique le lieu qu'a habité notre plus grand poëte comique. (Une construction moderne occupe la place où se voyait celle qui fut son berceau : une légende et un buste rappellent aussi ce souvenir.)

Passy et Auteuil ont réuni pendant plus de deux siècles toutes les célébrités, et leur gloire est loin d'être à son déclin. Si ces villages ont dû la préférence qui leur a été accordée jusqu'ici à leur position et au bois au milieu duquel ils se sont élevés, que sera-ce lorsque les travaux d'embellissement qu'on y exécute seront achevés? Mais nous devons, avant d'énumérer toutes ces merveilles, dire que le bois a partagé la mauvaise fortune des habitations royales qu'il cachait aux regards. Napoléon Ier fit promptement disparaître jusqu'à la dernière trace du passage du torrent révolutionnaire. Par son ordre, on répara les murs d'enceinte, de

nouvelles et nombreuses plantations furent faites, des gardes fo-
restiers protégèrent les promeneurs et éloignèrent par leur vigi-
lance les vagabonds et les gens de mauvaise vie, dont le bois
était devenu le refuge. Cette prospérité ne fut que passagère :
l'entrée des étrangers à Paris fut le précurseur d'une dévastation
plus affreuse; les alliés, continuant les ravages qu'ils exerçaient
sur le territoire français depuis qu'ils y avaient posé le pied,
changèrent le bois en une lande déserte. Louis XVIII retrouva le
plan qu'avait adopté Napoléon et le suivit en tous points ; il rendit au bois son aspect primitif et ne cessa de l'embellir. C'est, de
tous les travaux commencés par l'Empereur, le seul que ce roi
ait jugé à propos d'achever. Depuis cette époque, le bois de Boulogne a toujours été le rendez-vous de l'élite de la société pari-
sienne, et les nouveaux trésors que l'on y rassemble, ainsi que
les dispositions prises pour y amener plus facilement les promeneurs, semblent lui promettre de riantes destinées.

C'est à Napoléon III que l'on doit la transformation du bois en
parc, le plaisir de trouver Enghien et Rambouillet aux portes de
Paris. L'Empereur a suivi avec intérêt l'exécution des travaux,
dont il a tracé lui-même le plan ; sa présence et celle de l'Impératrice ont entraîné la cour au bois ; jamais l'affluence n'y a été si
grande; ceux qui ne s'inquiètent que médiocrement de ce que
promet l'avenir, s'y rendent pour admirer les toilettes et les équi-
pages, pour passer en revue toutes les notabilités de l'époque.

Au mois de juin 1852, l'Etat a cédé le bois de Boulogne à la
ville de Paris, à la charge, par cette dernière, de subvenir à
toutes les dépenses de surveillance et d'entretien du bois ; de con-
sacrer, dans l'espace de quatre ans, une somme de deux millions
à l'embellissement du bois de Boulogne et de ses abords ; de sou-
mettre à l'approbation du gouvernement les projets des travaux à
exécuter ; enfin de conserver aux terrains concédés leur destination actuelle.

M. Varé, chargé de la direction des travaux, a parfaitement compris et exécuté les projets de Sa Majesté ; il continue à veiller lui-même à la transformation de ce désert en oasis. Déjà les eaux de la Seine forment un lac et une rivière, donnent un nouvel essor à la végétation. Pauvre mare d'Auteuil, si charmante lorsque l'aubépine est en fleur ! Pauvre Mare-aux-Biches, si rêveuse et si triste ! Qui se souviendra de vous et vous fera l'aumône d'un regret, maintenant que nous avons un lac long de 450 mètres et large de 65 mètres, dont la profondeur varie de 60 centimètres à 1 mètre 40 ? Quelle comparaison établir entre votre eau verdâtre et bourbeuse et cette eau fraîche et limpide qui s'épanche à flots abondants au moyen de la pompe à feu de Chaillot, dans ce lac, puis dans la rivière où elle arrive par des conduits souterrains de 40 centimètres de diamètre ? Mais avant de pouvoir alimenter cette rivière, elle rencontre un obstacle qu'il lui faut franchir : une digue de rochers l'arrête au début de sa course et ne la laisse échapper que mugissante et courroucée. De ce point à celui où elle rejoint la Seine, son parcours est de 1230 mètres ; sa plus grande largeur est de 200 mètres. Aucun pont ne conduit d'une rive à l'autre, mais de nombreuses barques sillonnent l'onde et transportent les promeneurs ; il faut qu'ils y aient recours s'ils veulent visiter les deux charmantes îles qui coupent l'uniformité de cette vaste nappe d'eau et que réunit un pont jeté sur une masse de rochers.

Un chalet pittoresque, construit sur l'une d'elles, augmente l'attrait du paysage.

Notre bois est méconnaissable ; les anciennes allées sont couvertes, à peu d'exceptions près, de jeunes plantations ; de nouvelles avenues sont tracées ; l'extrémité de chacune touche à un point pittoresque de l'horizon. Du rond Mortemart, transformé en colline, on embrasse l'ensemble de ce vaste travail ; les coteaux de Saint-Cloud, de Boulogne, d'Auteuil se dessinent dans le lointain ; une route large de dix mètres, ayant un trottoir de 3 mètres, suit le cours sinueux de la rivière ; un sentier réservé au bord de l'eau et des pelouses en pente douce permettent aux piétons de jouir de la vue des îles et des barques chargées de promeneurs ; quinze routes, les unes droites et régulières, les autres accidentées et capricieuses, viennent aboutir à cette grande route destinée aux voitures ; la terre végétale en a été enlevée à une certaine profondeur et jetée sur les talus préalablement défoncés, puis remplacée par les pierres et le sable tirés d'autres endroits pour la macadamiser. Toutes les terres extraites du lit des rivières ont été portées au rond Mortemart, qui s'est ainsi trouvé exhaussé d'environ quarante pieds ; le cèdre qui s'élevait au centre a été placé, à force de patience et de soins, au niveau du terrain ; il n'a pas souffert de ce changement, car il pousse de nouveaux rameaux.

Le grand rocher qui a coûté tant de soins et de peines est enfin terminé ; une nappe d'eau imposante et tumultueuse le couvre presque en entier. Après avoir rebondi sur toutes ses aspérités, elle se précipite dans le second lac, dont les terres spongieuses l'ont conservée si difficilement, et rien n'est plus charmant que de la voir étinceler au soleil, jaillir en pluie fine et argentée. Heureux celui qui peut s'emparer d'un siége ou même trouver place sur le petit monticule ombragé qui le domine, et jouir à son aise de ce spectacle auquel la foule élégante et empressée qui va, vient et admire, donne une animation et un charme indescriptibles !

Le trop plein des deux lacs alimente la rivière, dont les eaux vont se perdre dans la Seine, près de Neuilly, après avoir formé plusieurs cascades.

Cet immense travail n'est pas encore complétement achevé ; quelques-unes de ses parties même sont à peine ébauchées ; toutefois on s'occupe en ce moment, avec activité, de tracer et de déblayer le lit de la rivière, et l'avenue de l'Impératrice, qui abrége de moitié la distance qui s'étend de Paris au bois, a été inaugurée le 1er mai. Grâce à elle, les boulevards, les Champs-Élysées et le bois de Boulogne se trouvent réunis, et présentent une suite de promenades délicieuses.

Quant au bois, il n'est pas, malgré tout, ce que l'avenir le fera ; mais on peut aisément se rendre compte de ce qu'il sera lorsque la nature aura complété l'œuvre de l'homme, et qu'il projettera son ombrage jusque sur les rives de la Seine, dont les bords retentiront des cris et des vivats poussés par les champions et les spectateurs des divertissements offerts dans l'immense hippodrome qu'on y prépare. Malheureusement, ce dernier coup de ciseau, qui établira partout l'harmonie, fondra les tons, adoucira les formes, ne sera pas donné en un jour, et l'on ne jouit de la plupart de ces merveilles qu'en perspective.

Je ne vous ai rien dit du village dont le bois porte le nom ; mais aussi comment parler de cette population simple et industrieuse, en traçant l'esquisse de ses aristocratiques voisins? Boulogne touche à Auteuil, et l'aspect de ces deux communes est si différent, qu'une énorme distance les sépare : l'une est déjà Paris, l'autre est encore la province.

Dois-je passer sous silence les coquettes maisonnettes qui composent Saint-James, ou vous dire qu'à la place qu'elles occupent s'élevait autrefois la somptueuse habitation du trésorier de la marine, Bandard de Sainte-James, lequel dépensa quinze cent mille francs pour un seul des rochers destinés à orner son parc, et que ce financier ayant fait faillite de vingt-cinq millions, fut enfermé à la Bastille, où il mourut dans le plus complet dénûment?

Nous pensons n'avoir rien omis de ce qu'il est indispensable de savoir; toutes les descriptions que nous pourrions faire de la physionomie mobile du bois, selon les heures, les jours et les saisons, vous paraîtraient mensongères, si le soleil se cachait au moment où vous voudriez en constater l'exactitude; d'ailleurs nos observations, nos critiques, ne vaudraient certes pas les vôtres. Nous nous abstiendrons donc, et vous engagerons à juger par vous-même des diverses impressions que peut faire éprouver une promenade au bois.

Mme EMILIA M...

SOMMAIRE.

Paris. — Typ. Morris et Comp., rue Amelot, 64.